de

Femmes

(1900)

PAR LA

Nationale

des

Beaux-Arts

dans les

DE BAGATELLE

LOGUE

PARIS

TEURS

Monsieur Gaston Duchesne
218 - boulevard Chave
Marseille
Bouches du Rhône.

EXPOSITION RÉTROSPECTIVE

DE

PORTRAITS DE FEMMES

(1870 à 1900)

ORGANISÉE PAR LA

SOCIÉTÉ NATIONALE DES BEAUX-ARTS

DANS LES

Palais du Domaine de Bagatelle

CATALOGUE

DES

Portraits de Femmes

(1870 à 1900)

EXPOSÉS

PAR LA

Société nationale des Beaux-Arts

DANS LES

PALAIS DU DOMAINE DE BAGATELLE

Du 15 mai au 14 juillet 1907

ÉVREUX

CH. HÉRISSEY ET FILS, ÉDITEURS

AVIS

Pour tous les renseignements concernant l'administration, le public est prié de s'adresser au Secrétariat général de la Société Nationale des Beaux-Arts, Grand-Palais, avenue d'Antin, au rez-de-chaussée (angle de la rue Jean-Goujon prolongée, porte B).

SOCIÉTÉ NATIONALE

DES BEAUX-ARTS

EXPOSITION

DE

PORTRAITS DE FEMMES

(1870-1900)

Palais du Domaine de Bagatelle

AGACHE (Alfred-Pierre).

Né à Lille. — 14, rue Weber (16e).

1. — *Portrait de Mlle S.* (peinture).

ALAUX (Guillaume).

Né à Bordeaux. — 31, boulevard Berthier (17e).

2. — *Portrait de Mme Gustave Alaux* (peinture).

AMAN-JEAN (Edmond).

Né à Chevry-Cossigny (Seine-et-Marne). — 115, boulevard Saint-Michel (5e).

3. — *Portrait de Miss Cermichael* (peinture).

AUBÉ (Jean-Paul).

Né à Longwy (Meurthe-et-Moselle). — 12, rue d'Erlanger (16e).

4. — *Mme Renard* (buste terre cuite).

(Appartient à M. Paul Renard).

AUBLET (Albert).

Né à Paris. — 75, boulevard Bineau, à Neuilly-sur-Seine.

5. — *Portrait de Mme la comtesse de Martel.*

AUBURTIN (J.-Francis).

Né à Paris. — 7, avenue de la Bourdonnais (7e).

6. — *Portrait de Mlle Antoinette B.* (peinture).

(Appartient à M. Bouvard).

BAFFIER (Jean).

Né à Neuvy-le-Barrois (Cher). — 6 bis, rue Lebouis (14e).

7. — *Portrait de Mme S.* (buste).

BASTIEN-LEPAGE (Jules).

Né à Damvillers (Meuse). — DÉCÉDÉ.

8. — *Portrait de Mme Bastien-Lepage, mère de l'artiste* (peinture).

(Appartient à M. Emile Bastien-Lepage).

9. — *Portrait de Mme Alexis Godillot* (peinture).

(Appartient à M. Alexis Godillot).

10. — *Portrait de Sarah-Bernhardt* (esquisse. peinture).

(Appartient à M. le baron Vitta).

BAUDRY (Paul-Jacques-Aimé).

Né à La Roche-sur-Yon. — DÉCÉDÉ.

11. — *Portrait de Mme Louis Singer* (peinture).

(Appartient à Mme Louis Singer).

12. — *Portrait de Mme Vasnier* (peinture).
(Appartient à M. Vasnier).

13. — *Portrait de Mme Robert* (peinture).
(Appartient à M. Robert).

14. — *Portrait de Mme Bernstein* (peinture).
(Appartient à Mme Bernstein).

BÉNOUVILLE (Achille-Jean).

Né à Paris. — DÉCÉDÉ.

15. — *Portrait de Mme C. M.* (peinture).
(Appart. à M. Véron-Duverger et Mme, née Montenard).

BÉRAUD (Jean).

Français, né à Saint-Pétersbourg. — 3, rue Boccador.

16. — *Portrait de Mme la comtesse de Grey.*

BERG (Joan).

Français, né à Amsterdam. — 25, rue Humboldt (14e).

17. — « *Cisca* » (peinture).

BESNARD (Charlotte-Gabrielle Mme).

Née à Paris, — 17, rue Guillaume-Tell (17e).

18. — *Mlle M. G.* (buste terre cuite).

19. — *Mme G.* (buste).

BESNARD (Paul-Albert).

Né à Paris. — 17, rue Guillaume-Tell (17e).

20. — *Portrait de Mme George Duruy* (peinture).

(Appartient à M. George Duruy).

BIESSY (Gabriel).

Né à Mont-de-Marsan. — 14, boulevard Émile-Augier (16e).

21. — *Femme à la mante. Portrait de Mme G. B.* (peinture).

BLANCHE (Jacques-Emile).

Né à Paris. — 19, rue du Docteur-Blanche (16e).

22. — *Portrait de Mme John Lemoinne* (peinture).

BOILVIN (Emile).

Né à Metz. — DÉCÉDÉ.

23. — *Portrait de Mme B.* (peinture).

(Appartient à Mme Emile Boilvin).

24. — *Portrait de Mme B.* (dessin).

(Appartient à Mme Emile Boilvin).

25. — *Portrait de Mme X., d'après Carolus-Duran* (gravure).

(Appartient à Mme Emile Boilvin).

BOLDINI (Jean).

Né en Italie. — 41, boulevard Berthier (17e).

26. — *Portrait de S. A. R. l'Infante d'Espagne Princesse Eulalie* (peinture).

BOULARD (Auguste-Marie).

Né à Paris. — DÉCÉDÉ.

27. — *Portrait de sa fille* (peinture).

(Appartient à M. Emmer).

BOULARD (Emile).

Né à Champagne (Seine-et-Oise). — 199, rue de Vaugirard (15e).

28. — *Portrait de Mme E.* (peinture).

BOURDELLE (Emile-Antoine).

Né à Montauban. — 16, impasse du Maine (15e).

// 29. — *Portrait de Mme Jules Michelet* (marbre).

BOUVET (Henry).

Né à Marseille. — 20, rue Galvani (17e).

30. — *Portrait de ma mère* (peinture).

BRACQUEMOND (Félix).

Né à Paris. — 11, rue de Brancas (Sèvres).

31. — *Portrait de Mme Bracquemond* (gravure).

BRESLAU (Louise-Catherine Mlle).

Née en Suisse. — 15, boulevard Inkermann, Neuilly-sur-Seine.

32. — *Portrait de Mlle M. Z.* (peinture).

CABANEL (Alexandre).

Né à Montpellier. — DÉCÉDÉ.

33. — *Portrait de Mme Paton-Pacini* (peinture).

(Appartient à M. Comerre Paton).

34. — *Portrait de la marquise de Vallombrosa* (peinture).

(Appartient à la comtesse Lafond).

35. — *Portrait de la duchesse de Luynes et ses Enfants.*

(Appartient au duc de Luynes).

CAROLUS-DURAN (Emile-Auguste).

Né à Lille (Nord). — 11, passage Stanislas, Paris (6e) et Villa Médicis, à Rome.

36. — *Portrait de la comtesse de Pourtales* (peinture).

CARPEAUX (Jean-Baptiste).

Né à Valenciennes (Nord). — DÉCÉDÉ.

37. — *Buste de jeune fille.*

(Appartient à M. Marcel Guérin.)

38. — *Buste de Mlle Fiocre* (terre cuite).

(Appartient à la bibliothèque de l'Opéra).

39. — *Buste de Mme M.* (terre cuite).

(Appartient à Mme Mélan).

40. — *Buste de Mme Chardon-Lagache* (marbre).

(Appartient à l'Institut Chardon-Lagache).

CARRIER-BELLEUSE (Albert-Ernest).

Né à Anisy-le-Château (Aisne). — **DÉCÉDÉ.**

41. — *Buste de Aimée Desclée (provenant de la collection Alexandre Dumas).*

(Appartient à M. le comte R. de Montesquiou-Fézensac).

42. — *Buste de Mme Hortense Schneider* (terre cuite).

(Appartient à Mme Hortense Schneider).

43. — *Buste de Desclée* (terre cuite).

(Appartient à Mme Hortense Schneider).

44. — *La Ristori* (plâtre).

45. — *La comtesse de Castiglione* (plâtre).

CARRIER-BELLEUSE (Pierre).

Né à Paris. — 31, boulevard Berthier (17e).

46. — *Portrait de Mme G. de C.* (pastel).

CARRIÈRE (Eugène).

Né à Gournay-sur-Marne. — **DÉCÉDÉ**.

47. — *Portrait de Mme Carrière* (peinture).
(Appartient à Mme Carrière).

CAZIN (Jean-Charles).

Né à Samer (Pas-de-Calais). — **DÉCÉDÉ**.

48. — *Fortune* (bronze).

CAZIN (Michel).

Né à Paris, 24, rue Cortambert (16e).

49. — *Tête de jeune fille* (marbre).

❧

CHAPLIN (Charles).

Né aux Andelys (Eure). — DÉCÉDÉ.

50. — *Portrait de la comtesse de Kersaint, née de Mailly-Nesle* (peinture).
(Appartient au comte de Kersaint).

51. — *Portrait de la comtesse de la Rochefoucauld, née de Mailly-Nesle* (peinture).
(Appartient au comte de la Rochefoucauld).

52. — *Portrait de Miss X.* (peinture).
(De la collection de Madame Gardner).

CHUDANT (Adolphe-Jean).

Né à Besançon. — 43, rue de Douai (9e) et à Buthiers, par Voray (Haute-Saône).

53. — *Au Jardin, portrait de Mme G. I.* (peinture).

CHASSERIAU

DÉCÉDÉ.

54. — *Portrait de la Petia Camara, danseuse espagnole* (peinture).
(Appartient à M. Chéramy).

CLAUS (Emile).

Né à Vive-Saint-Eloi. — Astene (Belgique).

55. — *Portrait de Mme C.* (peinture).

CLÉSINGER (Jean-Baptiste).

Né à Besançon (Doubs). — DÉCÉDÉ.

56. — *Buste de Solange Sand avant son mariage avec Clésinger* (marbre).
(Appartient à M. Delagrave).

57. — *Buste de Rachel* (plâtre).
(Appartient à Mme B. de Courrière).

58. — *Buste de George Sand* (plâtre).
(Appartient à Mme B. de Courrière).

59. — *Buste de Mme de Courrière* (terre cuite).
(Appartient à Mme B. de Courrière).

COLIN (Gustave).

Né à Arras. — 17, rue Victor-Massé (9e).

60. — *Portrait de jeune femme* (peinture).

COROT (Jean-Baptiste).

Né à Paris. — DÉCÉDÉ.

61. — *Portrait de la comtesse de Belloto en Romaine* (peinture).

(Appartient à M. Meric).

62. — *Portrait.*

(Appartient à M. Chéramy).

COURBET (Gustave).

Né à Ornans (Doubs). — DÉCÉDÉ.

63. — *Portrait de Marie Crocq dit « La femme aux gants ».*

(Appartient à Mme Vermeulen de Villiers).

64. — *Paysanne endormie* (étude).

(Appartient à M. Eug. Richtenberger).

COURTOIS (Gustave).

Né à Pusey (Haute-Saône). — 73, boulevard Bineau (Parc de Neuilly-sur-Seine).

65. — *Portrait de Mme Bartet, de la Comédie-Française, dans le rôle d'Adrienne Lecouvreur* (peinture).

COUTURE (Thomas).

Né à Senlis. — DÉCÉDÉ.

66\. — *Portrait de Mme Longfellow* (peinture).
(Appartient à M. le baron Ad. Risler-Couture).

67\. — *Portrait de Mme de Bruneck* (peinture).
(Appartient à M. le baron Ad. Risler-Couture).

68\. — *Tête de jeune femme (étude)* (peinture).
(Appartient à M. le baron Ad. Risler-Couture).

69\. — *Portrait de jeune fille* (peinture).
(Appartient à M. Chéramy).

DAGNAN-BOUVERET (Pascal-Adolphe-Jean).

Né à Paris. — 85, avenue Niel (16e).

70\. — *Portrait de Mme L. C.* (peinture).

DAGNAUX (Albert).

Né à Paris. — 50, rue Saint-Didier (16e).

71\. — *Portrait de ma mère* (peinture).

DAMPT (Jean).

Né à Venarey (Côte-d'Or). — 17, rue Campagne-Première (14e).

72. — *Mme H. P.* (buste marbre).

73. — *Mlle M.* (buste marbre).

DANNAT (William-T.).

Né à New-York. — 45, avenue de Villiers (17e).

74. — *Portrait de S. A. S. la duchesse de Mecklembourg-Schwerin.*

DECISY (Eugène).

Né à Metz. — 2, rue de Steinkerque (18e).

75. — *Portrait de Mme X., d'après Desportes* (eau-forte).

DEJEAN (Louis).

Né à Paris. — 278, boulevard Raspail (14e).

76. — *Statuette, portrait A. D.*

77. — *Statuette, portrait B.*

78. — *Buste, portrait de Mme L.-G.*

DELACHAUX (Léon).

Né au Lac-au-Viller (Doubs). — 20, rue Durantin.

79. — *Portrait de P. Delachaux* (dessin).

DELANCE (Paul-Louis).

Né à Paris. — 7, rue Bausset (15e).

80. — *Portrait de Mme Delance-Feurgard* (peinture).

DELAUNAY (Jules-Elie).

Né à Nantes. — DÉCÉDÉ.

81. — *Portrait de Mme X.* (peinture).
(Appartient à Mme Mantin).

82. — *Portrait de Mme Toulmouche* (peinture).
(Appartient à Mme Toulmouche).

83. — *Portrait de Mme Legouvé-Desvallières* (peinture).
(Appartient à M. Desvallières).

DESBOIS (Jules).

Né à Parçay. — 99, boulevard Murat.

84. — *Portrait de Mme G.* (buste).

85. — *Portrait de Mme L.* (buste).

DORÉ (Gustave).

Né à Strasbourg. — DÉCÉDÉ.

// 86. — *Portrait de Sarah Bernhardt* (peinture).
(Appartient à M. Maurice Bernhardt).

DUBUFE (Edouard).

Né à Paris. — DÉCÉDÉ.

// 87. — *Portrait de la comtesse P. Le Marois* (peinture).
(Appartient à Mme la comtesse P. Le Marois).

// 88. — *Portrait de Mme la comtesse C. de Lurcy* (peinture).
(Appartient à Mme la comtesse de Paroy de Lurcy).

// 89. — *Portrait de Mme Henri Schneider* (peinture).
(Appartient à Mme Henri Schneider).

DUBUFE (Guillaume).

Né à Paris. — 43, avenue de Villiers (17e).

90. — *Portrait de Mlles Dubufe* (peinture).

DUEZ (Ernest-Ange).

Né à Paris. — DÉCÉDÉ.

91. — *Portrait de Mme Duez dans son jardin* (peinture).

(Appartient à Mme Duez).

DURST (Auguste).

Né à Neuilly-sur-Seine. — 49, avenue de la Défense, Puteaux.

92. — *Portrait de ma mère* (peinture).

ELIOT (Maurice).

Né à Paris. — 37, boulevard de Clichy (9e).

93. — *Portrait de Mme E. Fasquelle* (peinture).

FOURIÉ (Albert).

Né à Paris. — 30, rue Eugène-Flachat (17e).

94. — *Portrait.*
(peinture).

FRANCESCHI (Jules).

Né à Bar-sur-Aube. — DÉCÉDÉ.

95. — *Buste de Mme la Maréchal Canrobert.*
(Appartient à M. de Navacelle).

96. — *Buste de Croizette.*
(Appartient à la Comédie-Française).

97. — *Buste de Mme Hochon.*
(Appartient à M. Hochon).

98. — *Portrait de Mlle Bartet.*
(Appartient à Mlle Bartet).

FRAPPA (José).

Né à Saint-Etienne. — DÉCÉDÉ.

99. — *Portrait de Mme F.* (peinture).

FRIANT (Emile).

Né à Dieuze. — 11, boulevard de Clichy (9°).

100. — *Mme S.* (peinture).

(Appartient à M. Sulzbach).

FROMENTIN (Eugène).

Né à La Rochelle. — DÉCÉDÉ.

101. — *Portrait de femme, esquisse* (peinture).

(Appartient à M. Billotte).

GEORGES-BERTRAND (Jules).

Né à Paris. — 48, avenue de Villeneuve-l'Etang, Versailles.

102. — *Portrait de la femme à l'ombrelle rouge* (peinture).

GERVEX (Henri).

Né à Paris. — 12, rue Rousselle.

103. — *Portrait de Mme G.* (peinture).

GRIVEAU (Georges).

Né à Paris. — 15, quai d'Anjou (4e).

104. — *Portrait de Mme J. G.* (peinture).

GROS (Lucien).

Né à Wesserling (Alsace). — Poissy (Seine-et-Oise).

105. — *Portrait de Mlle H. de P.* (peinture).

GUIGUET (François).

Né à Corbelin (Isère). — 21, rue de Navarin (9e).

106. — *Portrait de Mme X.* (peinture).
(Appartient à M. Antonin Dubost, président du Sénat).

HIOLLE (Ernest).

Né à Paris. — DÉCÉDÉ.

107. — *Buste de Mme Jules Claretie* (marbre).
(Appartient à M. Claretie).

HOLFELD (Hippolyte).

DÉCÉDÉ.

108. — *Portrait de S. M. l'Impératrice Eugénie* (peinture).

(Appartient à M. de Montesquiou-Fezensac).

INCONNU.

109. — *Portrait de la comtesse de Castiglione* (peinture).

(Appartient à M. de Montesquiou-Fezensac).

INJALBERT (Jean-Antonin).

né à Béziers. — 57, boulevard Arago (13e).

110. — *Buste de Mme X...* (marbre).

111. — *Buste de Mme Z...* (bronze).

LA GANDARA (Antonio de).

Né à Paris. — 22, rue Monsieur-le-Prince (6e).

112. — *Portrait de la comtesse de Noailles* (peinture).

LA HAYE (Alexis).

Né à Paris. — 13, boulevard Amiral-Courbet, Nîmes.

113. — *Portrait de Mme L.* (peinture).

LEFÈVRE (Camille).

Né à Issy-les-Moulineaux (Seine). — 55, rue du Cherche-Midi (6e).

114. — *Portrait de Mlle Elise C.* (buste bronze).

LEGROS (Alphonse).

Né à Dijon. — DÉCÉDÉ.

115. — *Portrait de Mme Poulet-Malassis* (dessin à la mine de plomb).

(Appartient à M. Guérin.)

LENBACH (François).

DÉCÉDÉ.

116. — *Esquisse du portrait de Mme Ellissen* (peinture).

(Appartient à Mme Javal).

117. — *Portrait de Mme X.* (peinture).

(Appartient à M. Paquin).

LENOIR (Alfred).

38, rue Boileau.

118. — *Buste de Mlle Balze* (plâtre original).

LEROLLE (Henry).

Né à Paris. — 20, avenue Duquesne (7e).

119. — *Portrait de ma mère* (peinture).

MANET (Edouard).

Né à Paris. — DÉCÉDÉ.

120. — *Portrait de Mme X.* (peinture).

(Appartient à M. Blanche).

121. — *Portrait de Mme Emile Zola* (pastel).

(Appartient à Mme Emile Zola).

MATHEY (Paul).

Né à Paris. — 159, rue de Rome (17e).

122. — *Portrait de Mme X.* (peinture).

MEISSONIER (Jean-Louis-Ernest).

Né à Lyon. — DÉCÉDÉ.

123. — *Portrait de Mme Sabatier* (peinture).
(Appartient à M. Emile Chouanard).

124. — *Portrait de Mlle Jenny Meissonier* (peinture).
(Appartient à Mme Ch. Du Pasquier).

125. — *Portrait de Mme et Mlle E. Meissonier* (peinture).
(Appartient à M. Ch. Meissonier).

126. — *Portrait de Mlle Jenny Steinheil* (peinture).
(Appartient à M. Ch. Meissonier).

MONTICELLI

DÉCÉDÉ.

128. — *Portrait.*
(Appartient à M Thiébault-Sisson).

MORDANT (Daniel).

Né à Quimper. — 133, rue du Cherche-Midi (6e).

129. — *Portrait de Mme M.* (gravure originale).

MORISOT (Berthe Mlle).

DÉCÉDÉE.

130. — *Portrait de Mme Léouzon Le Duc.* (peinture).

(Appartient à M. Léouzon le Duc).

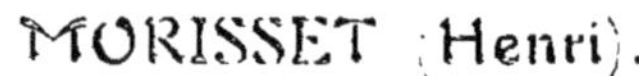

MORISSET (Henri).

Né à Paris. — 15, rue Lemercier (17e).

131. — *Portrait* (peinture.)

MOUTTE (Alphonse).

Né à Marseille. — École des Beaux-Arts, Marseille

132. — *Portrait de ma fille* (peinture).

MULLER (Charles-Louis).

Né à Paris. — DÉCÉDÉ.

133. — *Portrait de jeune fille* (pastel).

(Appartient à M. Roger Milès).

NOCQ (Henry).

Né à Paris. — 29, quai Bourbon (4e).

134. — *Plaquettes et Médailles.*

PANNEMAKER (Stéphane).

Français, né à Schaerbeek (Belgique). — 20, place des Vosges.

135. — *Portrait de Mlle Sabine* (interprétation gravée sur bois d'un tableau de M. Carolus-Duran).

PICARD (Louis).

Né à Paris. — 14, avenue Frochot (9e).

136. — *Portrait de la comtesse de Cossé-Brissac* (peinture).

PROUVÉ (Victor).

Né à Nancy. — 27, rue du Montet, à Nancy, et chez M. Ribaud, 23, rue de Seine, à Paris.

137. — *Portrait de M*me *Grillon* (dessin rehaussé de pastel).

PUVIS DE CHAVANNES (Pierre).

Né à Lyon. — DÉCÉDÉ.

138. — *Tête de femme* (sanguine).

(Appartient à Mme Charles Wehrlé).

RAFAËLLI (Jean-François).

Né à Paris. — 1, rue Chardin (16e).

139. — *Portrait de ma fille* (peinture).

(Appartient à Mme J. F. R.).

RÉGNAULT (Henri).

Né à Paris. — DÉCÉDÉ.

140. — *Portrait de M*me *A. Fouques-Duparc* (peinture).

(Appartient à M. Arthur Fouques-Duparc).

141. — *Portrait de Mme L.* (dessin).
(Appartient à M. Arthur Fouques-Duparc).

142. — *Portrait de Mme H.* (dessin).
(Appartient à M. Arthur Fouques-Duparc).

143. — *Portrait de Mme A. F. D.* (dessin).
(Appartient à M. Fouques-Duparc).

144. — *Portrait de Mme Ch. F. D.* (dessin).
(Appartient à M. Fouques-Duparc).

145. — *Portrait de Mlle Geneviève Breton* (dessin).
(Appartient à Mme Vaudoyer).

146. — *Portrait de Mlle Geneviève Breton à cheval* (dessin).
(Appartient à Mme Vaudoyer).

RICARD (Louis-Gustave).

Né à Marseille. — DÉCÉDÉ.

147. — *Portrait de Mme Fouquier, en première noce Mme Ernest Feydeau* (peinture).
(Appartient à Mme Henri Fouquier).

148. — *Portrait de femme* (peinture).
(Appartient à M. Hector Brame).

149. — *Portrait de Mme Charles Roux* (peinture).

(Appartient à Mme Charles Roux).

150. — *Portrait de Mme de Calonne* (dessin).

(Appart. à M. le comte R. de Montesquiou-Fézensac).

RIESENER (Léon).

Né à Paris. — DÉCÉDÉ.

151. — *Portrait de Mme Léon Riesener* (pastel).

(Appartient à M. Léouzon le Duc).

RIXENS (André).

Né à Saint-Gaudens. — 5, rue Boccador (8e).

152. — *Portrait de Mme R.* (peinture).

ROCHE (Pierre).

Né à Paris. — 25, rue Vaneau (7e).

153. — *Miss Loïe Fuller* (statuette bronze).

RODIN (Auguste).

Né à Paris. — 182, rue de l'Université (7e).

154. — *Buste de Mme R.*

154 bis. — *Buste de Mme F.*

ROLL (Alfred-Philippe).

Né à Paris. — 41, rue Alphonse-de-Neuville (17e).

155. *Portrait de ma mère* (peinture).

ROSSET-GRANGER (Edouard).

Né à Vincennes. — 45, avenue de Villiers (17e).

156. — *Portrait de Mlles A. B.* (peinture).

ROUSSEAU (J.-J.)

Né à Paris. — 2, rue Aumont-Thiéville (17e).

157. — *Portrait de ma mère* (peinture).

SAIN (Edouard).

Né à Cluny (Saône-et-Loire). — 80, rue Taitbout (9e).

158. — *Portrait de Mlle Emilie E. Sain* (peinture).

SAINT-VIDAL (Francis de).

Né à Bordeaux. — DÉCÉDÉ.

159. — *Buste de Mme Jeanne Granier.*
(Appart. à M. le comte R. de Montesquiou-Fézensac).

SARGENT (John-S.).

Né à Florence (Amérique).

// 160. — *Portrait de Mme White.*
(Ap. à S. E. M. White, ambassadeur aux États-Unis).

SIMON (Lucien).

Né à Paris. — 147, boulevard Montparnasse (6e).

161. — *Portrait de Mme Aubry-Lecomte* (peinture).

STETTEN (Carl von).

Né à Augsbourg (Bavière). — 73, boulevard Bineau, Neuilly-sur-Seine.

162. — *Portrait de Mme F. en cycliste* (peinture).

STÉVENS (Alfred).

Né à Bruxelles. — DÉCÉDÉ.

163. — *Portrait de Mme René Blottière, nee Montrosier* (peinture).

(Appartient à M. Montrosier).

164. — *L'accouchée.*

TOULMOUCHE (Auguste).

Né à Nantes. — DÉCÉDÉ.

165. — *Portrait de Mme Caron* (peinture).

(Appartient à Mme Caron).

166. — *Portrait de Mme Toulmouche* (pastel).

(Appartient à Mme Toulmouche).

TOURNÈS (Etienne).

Né à Bordeaux. — 114, rue de Vaugirard (6e).

167. — *Portrait de Mme Paul Berthelot* (peinture).

ULMAN (Benjamin).

DÉCÉDÉ.

168. — *Portrait de Mme Emile Ulmann* (peinture).

(Appartient à Mme Ulmann).

VERNHES (Henri-Edouard).

Né à Bozouls (Aveyron). — 125, boulevard Exelmans (16e).

169. — *Comtesse J. de B.* (statuette cire dure).

170. — *Mme M.* (petit buste cire dure).

VERNIER (Emile-Séraphin).

Né à Paris. — 5 bis, rue Bara (6ᵉ).

171. — *Un cadre contenant : onze portraits ; sept médaillons ; quatre jetons* (ciselure et gravure).

WALTNER (Charles-A.).

Né à Paris. — 11, boulevard de Clichy (9ᵉ).

172. — *Lady Ormonde* (eau-forte d'après J.-E. Millais).

Portrait de Mme W. (dessin).

WEERTS (Jean-Joseph).

Né à Roubaix. — 77, rue d'Amsterdam (8ᵉ).

173. — *Portrait de Mme la baronne Goury du Roslan* (peinture).

WINTERHALTER (Hermann).

Né à Bâle. — DÉCÉDÉ.

174. — *Portrait de S. M. l'impératrice Eugénie* (peinture).

(De la collection de Madame Gardner).

175. — *Portrait de la duchesse de Morny* (peinture).

(Appartient à M. le duc de Morny).

176. — *Portrait de la marquise de Las Marismas* (peinture).

(Appartient à M. Tenré).

EXPOSITION RÉTROSPECTIVE

DE

PORTRAITS DE FEMMES

DE 1870 A 1900

ORGANISÉE PAR LA

SOCIÉTÉ NATIONALE DES BEAUX-ARTS

Dans les Palais du Domaine de Bagatelle
en 1907

RÈGLEMENT

Une Exposition rétrospective réservée uniquement aux Portraits de Femmes de 1870 à 1900, est organisée par la Société Nationale des Beaux-Arts. Cette Exposition aura lieu dans les Palais de Bagatelle, du Mercredi 15 Mai au Dimanche 14 Juillet. — Les portes seront ouvertes de 9 heures du matin à 6 heures et demie du soir.

Dans le cas où l'Exposition serait prolongée, les artistes s'engagent à ne pas retirer leurs œuvres avant la clôture définitive.

Participeront à cette Exposition les Sociétaires Français et Etrangers ayant au moins 6 années de sociétariat. — Chacun d'eux, dans sa section respective, est donc invité à envoyer *deux œuvres*.

Pour faciliter l'organisation de l'Exposition, chaque artiste, au reçu du Règlement, est invité à envoyer les titres des deux portraits qu'il envoie ; il donnera aussi les dimensions de chacune de ses œuvres, cadre compris.

Dans le cas où la place ne serait pas suffisante la Délégation se réserve de ne pas placer la deuxième œuvre. — Les dessins et les gravures devront être encadrés séparément.

Les Sculpteurs pourront envoyer plusieurs œuvres. La Délégation limitera le nombre des envois, dans le cas où la place ferait défaut.

Les œuvres envoyées devront être remises à Bagatelle même, dans la journée du Lundi 6 Mai. avant 6 heures du soir.

Les œuvres expédiées par chemin de fer devront parvenir à cette date, franco de port, droits de douane compris, à *Monsieur le Président de la Société Nationale des Beaux-Arts, Palais de Bagatelle, Bois de Boulogne, Paris.*

Comme pour les Salons annuels, la Société ne répond pas des risques d'incendie, des vols ni des accidents quelle qu'en soit la cause. — La Délégation de la Société Nationale des Beaux-Arts se réserve, si cela était nécessaire, d'apporter des changements dans l'organisation de l'Exposition.

Le prix des entrées à Bagatelle est ainsi fixé, d'accord avec la Ville :

10 francs le Mardi 14 Mai, jour du vernissage ;

2 francs le Mercredi 15 Mai, jour de l'ouverture :

5 francs les Vendredis ;

Le premier dimanche : matinée 2 francs ; après-midi, 1 franc :

Les autres Dimanches : matinée, 2 francs ; après-midi, 0 fr. 50.

Les autres jours de la semaine, sauf le Vendredi, 1 franc toute la journée.

Vu et approuvé :

LE PRÉSIDENT
DE LA SOCIÉTÉ NATIONALE DES BEAUX-ARTS,

A. ROLL.

ÉVREUX, IMPRIMERIE CH. HÉRISSEY ET FILS

www.ingramcontent.com/pod-product-compliance
Ingram Content Group UK Ltd.
Pitfield, Milton Keynes, MK11 3LW, UK
UKHW012110240726
13965UKWH00004B/1681

9 782013 043540